歌集

波動

川島喜代詩

第一歌集文庫
GENDAI TANKASHA

目次

昭和四十年

昭和四十一年

昭和四十二年

昭和四十三年

昭和三十五年まで

I　窓掛

灯のしたをしづかに過ぎし貨車がいま靄にひびきて連結したり

遠天を舞ふ鳩の群をりをりに向き変ふるときこより見えず

曇夜の熟麦の香がみなぎりておそき帰りの膚《はだへ》汗ばむ

新聞を買ひたるのちの硬貨にて冬の日ぐれのポケットに鳴る

室内の灯りの位置が窓掛の青きを透きて歩道より見ゆ

をりをりに誰かが立ちてストーブに石炭を継ぐこの室のひと日

両国のほとりに佇てば大川はひびくばかりに流れてゐたり

Ⅱ　楽章

わが乗れる路面電車はしばしばしばも曲りて春の夕日さしこむ

いづこにも沈丁花の香のただよへる代々木上原
の坂多き街

人混みをわれの来しとき街川は潮退きしまま泥
が暮れゆく

事務室の日のをりふしに聞こえくるながれのご
とき精米の音

しづかなる楽章のときわれは来て園の人むれに
まじはりてたつ

Ⅲ　山行

岩あひの砂清くして虎杖《いたどり》の葉むらは長けぬそこの砂地に　丹沢

荒沢の岩の窪みに蝌《くわ》蚪《と》生きてをるは日常のことならなくに

山かひの空くもるころ枝沢が滝落しゐるところを過ぎつ

いくすぢも支流あつめて鳴り落つる水無川をけふのぼりゆく

北とほく雪ある峯のつらなりがいま見えわたる
雲切れしかば　甲斐駒ヶ岳

侵蝕のさまあらあらし駒ケ岳を南へくだるわれ
のめぐりに

くだり来し山の平は山毛欅《ぶな》の原落葉日にてる楽
しきまでに　大菩薩嶺

新雪のすでに来たりし遠山の朝かがやきをそが
ひにのぼる

冬山の道にきこゆる林間の水あつまりてたぎち
ゆく音

雪原が朝影きよくたもちをり雪みづからの起伏のさまに　越後中里

わたりゆくここの雪溪夏の日に鱗のごとき表面をもつ　仙丈岳

藪沢にたかくかたむく雪溪のこのきはまりよほとばしる水

Ⅳ　隆起

明らかに視線を意識してゐたるわれの仕科《しぐさ》と恥ぢて思ひつ

冬の日の鋪道が遠くきはまりて陸橋となる隆起
見えをり

はやはやも浅きながれに生くるもの底のいさご
に影ひきながら

丘はいま昼の光にけぶらへり雪とけてゐる丘の
つらなり

V　新樹

コーヒーをのみたるのちに黙しゐるこの安らぎ
をともに惜しまん

曇夜のそら明るきをあやしみて汝《なれ》とわれとは並びて歩む

手をとりて歩む夜みちに体温のつたはりあふをいふこともなし

かがやける新樹のごとく心みちて悔なきものを互みにもてり

階上の窓はともりて白き花みつる辛夷《こぶし》の梢をてらす

Ⅵ　曆日

輝きし五月のひと日終るころ鋪道は青き光沢を
もつ
いま過ぐる楽しき風は前方の桐の花さく梢より
来る
若葉せる胡桃《くるみ》ひと木の下の道あかるき影のなか
をとほりつ
いち日の暮れてゆくとき室内の金具の類は光を
たもつ

秋分のひと日は晴れて遠方にゆくりなき蟬のこゑがきこゆる

Ⅶ　空の色

夏の日に花栄えたる蔓薔薇はけふ針金のごとくに寒し

かたはらに絵ガラスの窓かがやきて外の夕日も楽しくあらん

近づきてマッチをともす人の顔靄ふる夜の街ゆきて見し

水ひきしばかりの砂とおもほえて川の渚は寒く
光れり

川べりに濡れゐる猫の屍《かばね》みて歩みてくれば暗く
なりたり

時永くわれのこころにもちて来し鳶いろしたる
瞳はきよく

並槻の若葉のひまをとほし来てこの水たまりに
空の色あり

公園の一部分にて青芝の斜面をよぎる道が見え
をり

しづかなる煉瓦の鋪道あゆみ来つ春の浅夜に煉
瓦は冷ゆる

ひとつづつ吾にきたれる経験をみな記憶すとい
ふにはあらず

窓そとに麦のそよげる暁にわが傍《かた》へより妻起き
てゆく

聞きなれぬ太き声してアパートの隣室も夜ふけ
てゆくべし

Ⅷ　黄雲

木曽谷の白浪たてる長き瀬に午後の光のさすときに来し

満潮のいきほふ時に最上川に逆流しゐる寒き白波

雪やみし最上河口の空にして雲の一部が黄に光りそむ

水底に蛙の卵あらはにて冬日さす池のほとりを歩む

寝ねがたき夜半の戸外に柿の木は若葉冷たくうるほふらんか

熟麦の果《はた》てにつづく砂丘あり日に照らされてあかしいさごは

谷奥に高まれる田に水張りて暑き光に蛙なきをり

春蟬のこゑの断続きこえつつ谷狭くなるところまで来し

満月にかがやく海に対ふとき渚のきよき砂もかがやく

かぎりなき波動のなかに波がしら折ふしにして立てるさびしさ

上流も下流も昼の靄こめて歩みてくればさむき川音

近づきし列車のひびきそれぞれの車輪の音となりて過ぎゆく

地下室となるべき位置の鉄骨が雨ふるなかに組まれつつあり

Ⅸ　山峡

赤沼といふ湿原にいちめんの羊歯《しだ》の葉むらがゆ
ふぐれんとす　蓼科

やうやくに暗きたかはら歩むとき余光さしたる
まなかひの山

渓ふたつ落ちあふさまを見下ろしぬかげりし渓
に水の明るさ　日川谷

段なして水のかがやく上流が山毛欅《ぶな》の冬木の奥
に見えをり

みなかみに一連の峯夕映えて空気の冷ゆる谷間をゆく

樺いろの実をもつ一木あやしみて山毛欅の冬木のなかをゆきたり

おしなべて木肌のいろの光りたる冬山峡に音ぞひびかふ

冬溪に日のかげりたる午後三時瀬の鳴りあふは厳かにして

昭和三十五年

Ⅰ　回復期

匂ひ強き黄の散薬をのみつぎてしづかにをれば
梅雨に入りたり

梅雨ぐもりむし暑き日が暮れゆきて薬がにほふ
わが身体より

さみだれのやみしいとまにつやつやとして夕暮
の畳がひかる

蠅のとぶ果敢《はか》なき音もいち日の抑揚として吾は
聴きゐる

臥床《ふしど》より出でて歩めば野いばらのいきれて咲ける傍も過ぐ

新しく萌して吾のたもつもの病癒えたる孤独といはん

Ⅱ　点鐘

爆音が曇のしたを移動して地をはなれんときのまの音

午睡にて遠ざかりゐし外界に驚くばかり雲殖えてゐる

聞こえくるひとつの対話兵たりしときの経験を
怡《たの》しむごとし

点鐘にさきだつ楽は単調にして夕街のそらより
聞こゆ

窓したの道の鋪装が成りしかば孤独のごとく人
のゆく音

Ⅲ　山河

みづうみに直ちにそそぐ浅峡に鳴る雪解みづ夜
すがらにして　十和田湖

残雪が渚に迫るみづうみにゆふべの光しばしわたりぬ

冬日さす広き川瀬がいちめんにひびきあぐるを吾は見下ろす　仙台

落葉せし林檎ばたけは灰色にひかる枝らが川にかたむく

昭和三十六年

Ⅰ　北国

林間は雪ふりつみておのづから枝ら明るし日の昏るるまで

函館の街を歩みて雪つめるいづくの坂も海にかたむく

雪原が海に終れるところより際限もなき紺のひろがり

はてしなく雪つむ北上山中をかよへる道が機上より見ゆ

仙台を過ぎしころより雪消えて見ゆる地表もきびしきものぞ

遥かなる地上にならぶ沼ふたつわがゆく空の光をもてり

Ⅱ　夜の壁

過去《すぎゆき》のなかより顕《た》ちて来るゆゑに悲しみもかく単純となる

山かげの雪の面に青空がうつりてゐたりのぼり来しとき

まなかひに雪ある峯がそばだちてきびしき風は
空より音す

間接の光となりてビルディングも鋪道も寒し日
の没りしのち

雨そそぐ夜の壁よりセメントの荒き匂ひのたつ
道をゆく

光さす椎の樹下の土あかし春の疾風《はやち》は椎に音し
て

萌えいづる芝の平面が近づきてアパートの階わ
れは降り来

冬日さす青き座席のひとしきり見えて橋下を電
車すぎたり

Ⅲ　夜の雨

花こぞる辛夷《こぶし》のひと木とほく見え樹下の坂の泥
濘も見ゆ

多摩川の下流が見えてところどころ光れる位置
の水は鳴りゐん

急速に雲はれゆきし夕つ方鋪道にならぶ鋲がか
がやく

ふりそそぐ雨のひびきを統《す》ぶるものあるかと思
ふこの夜の雨

白雲のつどふ夜にて枝たかきかの槻の木は萌え
てゐるべし

Ⅳ　赤土

麦の穂をわたりし風が道のべの桧《ひ》葉《ば》過ぎてゆく
一連の音

片側の赤土ひかる切通しすぎてふたたび蛙なく
こゑ

戦にやぶれしのちは塩のごと苦しみ充ちて生きたまひけん

青ぞらの反映をもつ窓々が銀杏若葉のうへに見えをり

かぎりなく蝌《くわ》蚪《と》みだれゐし昼の田をわが遠ざかり見れば輝く

没りがたの月のてらせる麦ばたけ螻《け》蛄《ら》なきやめば物の音なし

杉森の木の間に見えて黄の麦は日のほとぼりのごとく昏れゐる

Ⅴ　反響

前方の青草むらに光さし数かぎりなく蝶みだれたつ

やすやすと台かたむけてトラックは運び来し砂いま落しをり

いくつかの方向ちがふ反響をしたがへて夜の電車が来たる

構造のあらはに見えてすぎてゆくヘリコプターが夕日に光る

Ⅵ　満月

ゆく春の黄の満月が杉森をはなれしのちにいたく小さし

西空の遠き光が樟《くす》の木の若葉のなかの幹に差しをり

坂したの道のはたてに麦畠の黄にかがやくを見てくだりゆく

丘畠の道に充ちみつる麦の香はひと日照りたる太陽の香ぞ

熟麦も麦よりたてる鉄塔もしづかに寂しこの夕明り

Ⅶ　遠丘

向きもなくただだよふごとき白蝶が葦原とほくなりてしづみぬ

畑へだて彼方に隆起したる丘空ちかければ麦はひかりて

遠丘の麦刈りすすむ人が見ゆ麦はさやかに音たててゐん

流体のごとくに椎の花の香が道をひたせるところを通る

Ⅷ　奥日光Ⅰ

みづうみのここの渚は虎杖《いたどり》の葉むらひたして波たちやまず

湿原に入りゆく沢のひとつにて水にながるる砂かぎりなし

平らなる沼ひとところ波だちて林間の水そそぎてゐたり

やまかひを出でてにはかに日は暑し砂地の道の湖に近づく

夏日さす山間にして見ゆるものの峡の磧《かはら》の白きかがやき

Ⅸ　樹下

鉄梁の鳴りあふごとくひとしきり炎天に鋲打つ音きこゆ

妻のゐる窓をまじへしアパートの灯の群落に向ひてあゆむ

けふひと日蟬なきつぎし樫の木が窓の外にて暗くなりゆく

鉄骨のむかうに夏日かがやきて樹の間さしくる光のごとし

夏空に向ひて立てるごとき坂丘をひらきし赤土が見ゆ

サルビアの花をみとめて植込に近づくまでの心ゆらぎよ

通りゆく樹下の空気あらあらし青桐の葉が茂るのみにて

X　草の香

夜ふけて風やみし街来しときに虫が音充つる家
路地ひとつ

濃密に鉄骨組める空間より作業員を呼ぶ放送き
こゆ

藜《あかざ》らの茂みのなかを通り来て辛き香たつはいか
なる草ぞ

みのりたる陸稲《をかぼ》の香する道を来つ星の明りとい
ふべき夜に

わが内に相せめぐもの保てるをいかなるときに
妻は知るべし

雨のふる午後のいとまに畳よりすがすがとして
藺《ゐ》のにほひたつ

みのりたる棚田の道をのぼり来て丘頂の稲もか
ぐはし

群丘のなかにひとつの高き丘まどかにて空の曇
につづく

XI　冬霧

疾風《はやかぜ》にはためく幕の内部にてビルディングの壁
成りてゐるらし

常磐木の木群昏れゐるむかうにて夕日の寒き黄
の光たつ

冬霧を押しわけざまに夜ふけのレール鳴らして
貨車通りゆく

夜暗き池をへだてて草むらを歩める猫のまなこ
輝く

芝畠にひたすらにして秋日さす光沢のなき緑が見えて

教室の内部に冬の光充ちてかがやくドアの前をとほりぬ

利根川に支流合ふとき冬の日の水もデルタも響くことなし

枝沢の光る川原は対岸の黄葉のひまに意外に高し

日の暮れの寒き路上に置かれゐてしたたりのなき氷塊ひとつ

昭和三十七年

Ⅰ　群鳥

はるかなる空とぶ鳥らおのづから群りなして過ぎゆくあはれ

たまたまに早き夕餉に妻と吾と冬のレタスを音たてて食む

みづしもに濡るる葎《むぐら》に匂ひなし遠く午前の空かがやきて

「兵の苦は農の貧よりたやすし」と轟くごとき死者らの言葉

あかつきに降りし霙《みぞれ》の晴れをりて麦の芽立ちに露かぎりなし

冬日さす瀬のひろがりを見下ろしてわが前の瀬の鳴る音さびし

行動によりてかちえし安らぎとつつしみ思ふことも幾日ぞ

Ⅱ　片雲

雨そそぐ雪のおもてはみだらなる透明にしてわが歩みゆく

雪どけの音のあまねき林中にたまたま槻の樹皮が匂へる

ひとひらの雲とおもへど夕街にみつる茜はそこより来たる

芝原に緑きざしておのづから通へる道が明らかとなる

雪やみし雲のうつろひかたよりて沖の波動を日はてらしたり

気《いき》ごもる温室のなかてらす灯をやさしとおもひ吾は歩み来

雪消えし杉の林が雪原の靄をへだててゆふぐれんとす

麦青き峡のまじはるむかうにてことなき昼の海が見えをり

Ⅲ　春日

風やみしゆふべの光おごそかに空にむかひて杉の木は立つ

午すぎて高き曇となりしかど路面のレール折々ひかる

弓がたの潮目はとほくつらなりて沖のかすみに見ゆる島山

岬山の春日に佇てば波音は入江の奥の浜より起る

砂固き渚をくればひき潮のしりぞく波は右に音する

Ⅳ　暗き湖

芝原をへだてし森にまじはりて立つ辛夷《こぶし》あり花かたまりて

沿ひて来し谷川のみづ夜暗き湖にそそぎて音終りゐる

ゆく春の曇は霧のごとくにて杉山の道ゆけばしづけし

われに来る悲しみありて前方の麦の畠は風にさわだつ

街の灯の絶えし空間にかたまりてみゆる灯りは船泊つるらし

Ⅴ　夕空

たかはらの遠くかたむく果にして吾より低く青き山みゆ

上空の靄をてらせる照明に夜半のレールの輝きやさし

夕映えにかがやけるビル遠々に響きなきもの空にそばだつ

窓すべて点れるビルが鉄骨の暗き集塊をへだてて見ゆる

昼の干潟を歩みゆく人反照のなか過ぐるときこ
こより見えず

Ⅵ　首夏

曇りたるひと日といへど遠方の丘おのづから明
暗をもつ

なにゆゑに苛《いら》つこころぞ日すがらの曇のおくに
夕映えさして

麦刈りしのちの陸稲は暑き日になよなよとして
育ちゆくべし

樹下なる蕗のしげりの明るきは暑き夜ふけに靄こむるため

Ⅶ　臥床

病室の窓よりみえて夕映に黍《きび》の葉がひを妻がかへりゆく

午睡よりめざむるときに裏庭の無花果《いちじく》の木に風あそぶ音

あはあはと臥床《ふしど》にゐしが裏庭にしげる藜《あかざ》を月てらすらし

窓したの蓼のたぐひしづかにて朝より暑きいぶきをもてり

灯を消してベッドにゐしが鷺のこゑ吾に間近く聞こえて終る

灯のともるアパート見えて暑き夜に家居る妻をおもふベッドに

わが身体癒えゆくときにうら悲しく芝をてらせる晩夏の光

Ⅷ　満星

踏切を貨車すぐるとき制動に灼けたる鉄の香はなまぐさし

近づきてくる飛行機の音のあり夜半吹く風のなかより聞こゆ

山原のなかよりたちて青びかりしたる鴉は谷こえてとぶ

窓外の空かぎりなく星満ちて遠き暗黒は海なりといふ

辛き香は草よりたてりつづまりにわが悲しみの和《な》ぐ時ありや

雨あとの風ふく響きアパートの高きに聴けば層なして吹く

Ⅸ　鉄骨

ひとときにわが連想のたのしきは鳴りゐし楽のためのみならず

雨そそぐキャベツ畑に近づきて弾力のある音さわがしき

持続する不安も時に和《な》ぐことあり稲の香たてる
道あゆみ来つ

鉄骨の集まり立てる中心はおほよそ暗し夕映の
なか

黄の芝を横ぎりゆけば思ひがけず芝やはらかし
冬の日さして

冬晴の雲みつつ来て鉄骨のむかうになりしとき
にはるけし

ドア出でて降りゆく階に光さしこころこほしき
冬の光ぞ

昭和三十八年

Ⅰ　房総

浜風の寒きいとひて入りて来し防潮林の松のしづかさ

冬の日のはだらにさせる松山の道はをりをり砂やはらかし

松山の木の間に見えてもりあがる青き潮よ冬の日さして

水仙の咲きてかなしき段畑は冬のとどろく海にかたむく

波あがる岩とほくより見つつ来てそこに波搏《う》つ音きこえそむ

岬山の切通しみえて明るきは片側の崖日のてらすらし

外洋の潮の反射に顔照りて妻が岬のみち歩み来る

かぎりなき海のひびきは夕日さすかの茅山のむかうよりたつ

平らなる岬へだてて午後二時の入江も外の海もかがやく

Ⅱ　ふゆくさ

明らかに吾にいはねど折ふしに児のなきあはれ
妻は負ふべし

きぞの夜に霧たちをりし麦畠に霜かがやけり朝
いでくれば

よみがへる悔《くや》しみありて冬の日の電車のなかに
はだへ汗ばむ

路の上にひくく火を焚く傍らをすぎてゆふべの
わが顔ほてる

風やみて寒きゆふべにふゆくさの緑はこころなぐさまなくに

Ⅲ　霜どけ

麦畠のわづかのみどりやさしみて歩みてくれば日が遠くさす

ひとときに街みゆるとき靄のなかに霜どけのため光る道あり

苦しみは悲しみに似て同じからず冬の夜霧にぬれつつ歩む

霜どけに濡るる笹生に云ひがたき輝きみえて吾
は近づく

断ちがたき過去のひとつぞ敗れたる兵のこころ
の還ることあり

Ⅳ 俄か雪

妻の寝息をうかがふさまに朝床にゐたるしばし
は罪のごときか

晩年に疎みし父の性癖を受けて継ぎゐることの
さびしさ

麦畑のきびしき霜のとけをりて土の光は空のひかりぞ

俄か雪たちまちやみて丘のうへの松の林はむかう明りぬ

青ぞらにむかへる坂に冬日さし影をまとひて人のぼりゆく

Ⅴ　悔恨

命終《みやうじゆう》をみとりしもののなしといへば寒き畳にわが涙落つ

麦の芽に光さし来てひんがしに雲ぞ照りあふ苦しきまでに

悔恨を耐へゐるかたちたとふれば塩より滴したたるごとし

Ⅵ　現身

榛原に立つ鉄塔のものものし春の疾風《はやち》に木むらさやぎて

あたたかき朝もやこめて秩父嶺に輝きのなき雪が見えゐる

現身を迫むるごとくに麦の穂の伸びたつときぞ
夜半におもへば

このあとのわが行動をさまざまに想像しをり胸
熱くして

過去《すぎゆき》の顕《た》ちくる想ひあるごとく歩みてくれば水
仙の香ぞ

Ⅶ　星ぞら

紫雲英《げんげ》田のむかうにみえてかぎりなき海の波動
を吾は恋ほしむ

断崖のしたにいたぶる潮波こころにとめて吾は
立ち去る

上流の磧《かはら》の隆起日にてりてそこに激てる水もか
がやく

雨やみて俄かに暑き街頭に漆喰を練る香は息苦
し

星ぞらにむかひてたてる噴水の光のごとき秀《ほ》を
仰ぎゐつ

花すぎて茂りおもたき橡《とち》の樹の下あゆみゆく心
あそびて

Ⅷ　莢実

浅宵の園のくらきに前方に灯にかがやける噴水のむれ

梅雨ぞらのしたにしづもる丘ひとつ麦穂のこぞる光たちつつ

あをあをと莢実さやけき菜の畑がここの狭間に段なしてゐる

山がはのとどろく水はまのあたり梅雨のくもりの空より来たる

Ⅸ　阿蘇

虎杖《いたどり》のかすけき花を見つつのぼる阿蘇中岳の火山砂の道

噴煙を吹きみだす風をりふしに幕ふくごとき音をつたふる

火口底に雨あつまりし跡ありてそこよりのぼる噴煙きびし

たちまちに雲とざすとき中岳の火口の底に音たぎつのみ

噴火口をへだてててたてる黒き壁そのうへにして
晴るる草山

めのまへにのぼる煙は中岳の噴煙にして地底よ
りたつ

あかつきの霧さむくして高原の道にふみゆく石
かわきをり

黒き馬のからだ光りて屋内に炎のまへに蹄鉄を
うつ　　天草

夕映の終りしデルタ生けるものの気配たちつつ
潮みつるらし

島山の高きを越ゆる白き道外海ぎしに通ふ道みゆ

X　潮のながれ

海ふかく沈める艦がかぎりなき潮のながれに音ひびくとぞ

靄のなかにともる灯ひとつ近づけば煉瓦の壁をてらしてゐたり

杉森のくらき木下に激つ水いづくともなき空のいろあり

空あをき月夜となりて雨あとの靄もぬれたる道
もあかるし

XI　かぜくさ

過ぎてゆく時の象《かたち》のひとつにて夜空に風のふく
音ぞする
かすかなる風とおもへどをりをりに上流の瀬の
響きをとざす
多摩川の流れはここにせばまりて秋日にたぎつ
水なまぐさし

かぜくさの穂むらみだして風ふけば草のなかより埃たちたつ

坂うへの空ひとときに夕焼けてそこにむかへるレール輝く

夜すがらにまもりしいのちほろびきと遥かにきけば心は激つ

街丘のむかうにみえて夕映の終りし雲ははにはかに遠し

XII　体験

灯のしたに坂の一部の赤土が見えをり夜半の道のゆくてに

体験が尺度とならぬことありて若きらの不平吾は聴きゐし

午後七時月さす畠はかすかなる麦の芽もえて土暗からず

枯原を横ぎる道の霜とけて午前のとほき空みづみづし

XIII　北陸

市街いでて大きなる川わたりゆく夜の車窓に水明りみゆ

夕かげる峡とおもへど高ぞらの雲の明りが瀬々を照らしつ

秋晴れの河口とほく見えをりて黒き海よりたつ波も見ゆ

ひたすらに秋日さしたる広き川原石かがやきて海に終れる

秋の日の峡にまじりて来しときに空のたかきに
雪ひかる山

XIV　黒き山

麦の芽の緑に光さしをりてみづからの苦はみづ
からが負ふ

夜すがらの風やみしかば空さむし埃の香する階
くだりゆく

歩みゆく吾のめぐりに風さわぎ曇の果てに黒き
山あり

照明にかがやくレール集まりてその前方のかぎりなき闇

おほどかに日のさす芝は黄に枯れてそこを通へる道の霜どけ

苦しみに耐ふべき吾は靄だちて月おぼろなる麦畠あゆむ

決断ののちも心のゆらぎあり午前の路地の土光りゐつ

鉄骨の密なるひまに見えをりて冬晴の空ことさら青し

昭和三十九年

Ⅰ　反映

夕焼の空より坂をくだりくる路面電車の内部は暗し

夜ふけてふりしきる雪工事場の灯にてらさるるところは迅《はや》し

見るまじきもののごとくに槻の木の幹立が照る雪の反射に

枯山の黄の反映にくだりゆくこの山裏の道は明るし

杉山の樹下の石にわきいでて水は直ちに音たぎちゐる

湖尻の橋をわたりぬひびきなき夜半の水より寒さたちつつ

Ⅱ　早春

遠丘の空やはらかに光るとき朝の階をわれはくだりぬ

夜ふけて道掘るところ低き灯は汗にまみれし体をてらす

いくつかの雲集ひつつひんがしに雲のさかひの光るきびしさ

いまわれの下りし坂がそばだちて春日の空に直ちにつづく

浅谷に棚田かすかに光れるを夕日さむけき尾根ゆきて見し

鉄骨の暗くそばだつむかうにて彩灯《さいとう》のため空明滅す

Ⅲ　穂麦

梨畠にもゆる若葉はわづらはしかがやきをりし花すぎしかば

雨そそぐ群丘みえてかぎりなき雨のひびきは丘よりたたん

麦畠をすぎゆく風がまのあたり麦の若葉をふきわけてゆく

操車場てらす光に間接に明るむ穂麦のなかとほりゆく

いくすぢも洲をよぎる水みえてゐて空かがやきし一日が終る

風のふく道をへだてて会堂に反響ながき拍手が聞こゆ

青芝のとほき反射が天井にさす四階に朝飯をくふ

Ⅳ　波動

桑畠の葉むらしづかに光りゐて今朝の曇も暑くなるべし

あげ潮の波動は湖《うみ》に打ち入りてたつ風波に間なくまじらふ

ゆふぐれのしづかに暑き巷来て煉瓦の壁は早くくろずむ

空にたつものとおもへど槻の木は草より早く夜にまじはる

あらかじめ奏づる楽も点鐘も波動をなして夜半にきこゆる

光なきもののさびしさ諸畑の葉むらのしげり月さしながら

Ⅴ　決断

いましがた胸すぎゆきし想ひひとつ戦の日にゆゑよしをもつ

当然のこととなりしかど決断をささふるものはわが行為のみ

ビルディングの向うの空を出で入りし黒き鳥らのそれきり見えず

中ぞらに耕地の反射あるらしく胴のひかりて飛行機過ぎつ

あかつきにめざめて聴けば四階の壁ふく風は息づくごとし

午すぎの運河に黒き潮みちて低くみえゐるいくつもの橋

闇黒のなかにけむりのかがやきて貨物駅みゆ夜半のゆくてに

日曜の四階に雨の音を聴く芝生にそそぐ音もまじりて

Ⅵ　空路

山がはは眼下に見えて遠白くうごかぬ水の音たぎちゐん

富士川の上流とほくみえをりて山々の間の雲にまじはる

いくすぢの赤土の路山頂にあつまるさまを見下ろして過ぐ

谷ひとつきはまりしかば森なかに山をこえゆく白き道あり

ちひさなる島にも川のあるらしく秋日の入江にごれるあはれ

Ⅶ　冬の茜

冬山の谷あらはにて伏流がただちに滝となりてとどろく

冬晴の暮るる茜《あかね》が枯原の木々のこずゑにしばしとどまる

麦の芽のひかる午前よこもごもに自負も自虐もこの身に兆す

地下駅に立ちて待つとき轟きを押すごとくにて
電車近づく

雪やみしのちの耕地は夕近く明るみながら空さ
わがしき

昭和四十年

Ⅰ　泥濘

夕焼をみて地下鉄に乗りしかど灯のむらがれる
渋谷にいでつ

わが生のあかしのごとき思ひして道の泥濘のか
がやくを見つ

きりぎしのつらなる果に冬の日に波にまじはる
岬みえをり

荒波のうちこゆるときたえまなく潮ながるる岩
ひとつあり

暁にすぎゆくものを編隊機の音とおもひてふたたび睡る

雪山は日ぐれんとしてまなかひに空の明りに青くみえをり

涸谷《かれたに》のみづひとところあらはれて雪つむなかにたぎつ瀬の音

杉山のはざま迫りてゐるらしく木の間に渓の音たかくなる

Ⅱ 朝床

日曜の夜半に手紙を書きたるがその前の夜に君は死にゐき　太田奈々子

丘ひとつ隆起しをりて赤土の断面空をささふるごとし

人むれて通るむかうは暗くして道路工事の黄の灯むらがる

昨夜《きぞのよ》に酒にみだれて朝床に罪のごとくにからだが匂ふ

けふ吹きし風のなごりか池岸に夜もしづまりがたき水の香

地下鉄が高架にいでて直接にわれの腕《かひな》に夏日さしたり

Ⅲ　奥日光Ⅱ

滝壺にリフト降りて荒々しき水のひびきのなかに扉があく

湖《うみ》ぎしの高きをゆけば木がくりにみづのかがやく晩夏の光

かぎりなくはかなき音は菅沼に雨ふる音と思ひつつ来し

みなかみの狭き磧《かはら》に憩へれば雲の間より午後の日がさす

Ⅳ　新冬

すぢあらき新冬の雨家かげの暗きところに降るときしろし

ドームより午前の光さし入りて人すぐるとき顔がかがやく

華やかに夕日のてらす駅いでてふたたび地下に
電車はくだる

グランドに沿ひつつくれば雨そそぐ土のひびき
の安からなくに

点鐘が鳴りやみしのち夕街の音あたらしく吾に
きこゆる

前方にゆれやまぬ桧葉《ひば》見えゐしがゆれやまぬ影
のなかとほりゆく

けふひと日わが身を過ぎし一切の物音絶えてね
むらんとする

冬のくもり移ろふゆゑに松島の近き海遠き海をりふし光る

あゆみゆく道きりぎしに高まれば月のひかりは沖に移ろふ

V　遠天

槻の木のむかうに冬日かたむけば無数の梢しばらく見えず

高層の幕の内部に灯ともりて影大いなる人鉄を打つ

めのまへのレールやさしく鳴りはじめ電車近づく地下駅に立つ

夕さむき茜のきざす遠天に風ともなはぬけむりはおそし

鉄骨のなかに無数にともる灯が雪迅《はや》くふるゆふべ見えをり

Ⅵ　紅雲

さしあたり日々の心のあらはれてわが連想のゆたかにあらず

苦しみていづる言葉を聴きしよりすなはち吾の
苦しみとなる

空くらき午後にて枯れし芝畠のしろき平面をわ
れはうとみつ

かくのごと失ひてゆくものありやつゆじも乾く
道歩み来つ

丘の上の空ちかぢかとくれなゐの雲が移動す丘
暮れしのち

昭和四十一年

Ⅰ　冬空

冬空ががやくゆゑにまなかひの鐘楼のくらき内部もみゆる

夕映のとほざかりゆき構内にひろがる無数のレールが蒼し

鉄骨のかたまりあへる中心が日蔭をなして冬ぞらに立つ

冬空に吊り下げられし状態にヘリコプターがしばらく見えつ

照明をとざせる霧に夜ふけに操車場にたつ音長からず

おもむろに速度加へる国電の音のつらなりガードよりたつ

II　人間の香

ひといろにみゆる畠に光るもの人のかよひし霜どけの土

テレビより出でくる声もあやしまず冬夜の晩《おそ》き食事を終へつ

電車にて隣にをみな坐りしが人間の香がわが過去を呼ぶ

夕映の空ひとしきり黄になりて人みな細き高架駅歩廊

をりふしのかかる心も妻とわが親しみて来し過去より顳《た》たん

Ⅲ　冬木

なまなまと脂にぬれしくちびるのごときものらを今宵は疎む

雪どけの道の泥濘黒びかりして猫ひとついま横
ぎりてゆく

日没ののち黄に映えしそらの光この高原に直接
にさす

からまつの冬木のなかに草枯れし平がありて日
のさせる見ゆ

階のぼり来し人音の夜ふけし踊場すぎてまたの
ぼりゆく

Ⅳ　挽歌

香が匂ひ骸《むくろ》が匂ふ灯の下に人ら黙して君を悲しむ

五時間まへに君の死にたる飛行機が海より揚るさまを映せり

在りし日の営為たたへて単純に人いふときに吾沈黙す

Ⅴ　山音

山がはに風すぐるらし遠々に見下ろす瀬々の音さだまらず

みなかみの山にたちまち雲こめてひとところ煙のごとく雪ふる

人造湖のきはまる峡に山がはがたぎち収めてそそぎてゐたり

山窪に残れる雪は透明となりて落葉のうへに見えをり

芽ぐみたる樹々ふく風の永き音あつまりのなき
さびしき音ぞ

Ⅵ　窓々

夕明りしづかに永き街ぞらにせりあがる橋のつ
よき灯が見ゆ

前方の青の集塊近づきて藺《ゐ》田の茂りは明るく見
ゆる

新しくビル竣りしかば曇夜の空にあつまる窓々
の灯は

両側に灯のこぞる路地いくつ見え高架電車が駅に近づく

陸橋の下の暗がりつらぬきて線路は空の夕映をもつ

谷街のとほくにナイターのあかり見ゆ声ともなはぬ歓楽さびし

あかつきの窓あをくなる頃ほひに声つよき蟬ひとつ鳴きいづ

草むらのなかに置かれし赤土の堆積ありてひかるゆふぐれ

とどろきを暗きに置きてゆくごとし地下の駅より電車に乗れば

Ⅶ　石狩川

石狩のあかき濁りはまのあたり海の流れとなりつつ迅《はや》し

砂丘の海におちゐる断面が鉄のごとくに光るひるすぎ

波ぎはをゆく女みえ日ざかりのかぎろふ丘のかげを出で入る

平らなる海に沿ひ来て河口に相搏《う》つ波をみつつわが佇つ

前方の砂丘のなだり陽炎がけむりのごとく海になびかふ

石狩川のにごる流れの海に出てたつ波がしらさびしきまでに

石狩の上流ひろく見えわたり川の入江にたてる乳牛

夕日さす青き原野は石狩のみづをへだてて遠くまで見ゆ

石狩の濁るながれは日ぐれんとしていちめんに
とがり波だつ

Ⅷ　連想

コーヒーをのみつつ思ふ相似たる日々ぬきいで
てけふは生くべし

劇場のなかの空気が街上にほとばしりゐる冷え
し人の香

うすくなりし体に癌が節をなすいたましき死を
吾にきかしむ

靄のなかにのぼりし月が時経ちて靄たつ街に明
確にさす

連想は激しき楽をよすがとしそれよりのちはほ
しいままとなる

地下道に昼があるかと思ふまで暑さねばねばと
夜もただよふ

Ⅸ　愉楽

ナイターの灯に街川のみづ明るし架れる橋が不
吉に見えて

類型のたもつさびしさアパートの窓ことごとく
点る浅夜に
砂のうへに杉の木のかげさすところ秋日の光あ
はあはとして
中央に裸像のたてる芝原の窪地は緑はやく昏れ
ゆく
かすかなる愉楽の如く電車より灯のさす畳がた
まゆら見えつ
夕茜さやけき道をあゆみ来てこの草むらのなか
も明るし

X　北八ケ岳

桧森を落ちゆく沢の音さやか落ちゆく水は息たちてゐる

とどろきし雨やみて山にほがらかに啼く夕鳥を聞きつつ登る

音もなき夕映すぎて山のうへに月ありめぐりの空が明るむ

みぎはまで原生林の迫りたる池のしづまり眼下にみゆる

朝の光まともに射して荒沢の硫気はげしきところを過ぎつ

朝あけて何も音せぬ青空に八ケ岳連峯のあたり立つ

たちまちに霧ふきよせて視野くらし日に灼けし岩をつかみて登る

伏流となりたる沢のよみがへる水音きこゆ林のなかに

XI　地下駅

みづ低くたつ噴水を中心に街のひびきは森こえてくる

球場の一部分にて秋空の高きに人なきベンチが光る

遠ざかりゆきし電車のとどろきのまたふくれ来る地下駅にゐし

高空の秋日にひける影のなか濃き人間の影が歩み来

空間の滓《おり》のごとくに鉄骨の中心くらく青空にたつ

風やみて冷えくる宵に思ほえず駅の放送が空より聞こゆ

地下駅の階のぼるとき連想を断つごとくにて夕日さしをり

つよき雨ふりすぎしかば街空の夕くれなゐもうつろひてゐし

Ⅻ　沖

潮鳴りの律動ききてねむりしが夜半にみだれて
荒るる海音

とげとげとして水平線見えわたりかがやく沖を
雲ひくくゆく

岩礁のめぐりの海が時をおきふくれて岩に波た
ちやまず

昭和四十二年

Ⅰ　執着

午後四時の大川のみづかがやきて黒く重なる橋いくつ見ゆ

枯草の色見えがたきゆふぐれに道ひくくゆく犬の息しろし

ありさまは執着に似て霜どけの靄が午前の林間にある

冬の夜にまじはるまへのさやかなる杉の緑と思ひつつゐし

アパートの窓した来れば集団の香はゆふぐれに
殊更にたつ

Ⅱ　水明り

枯芝をてらす灯のした過ぎて来て夜ふけの階を
のぼるわが音

風波のたつさまに似て構内のレールの束に街の
灯うごく

冬の光あびて歩めばたかだかと空にある樹も楽
しからんか

しづかなる夜半とおもふに早春の木の間に池の
水明りたつ

とどろきて風吹く午後にわれのゐる四階の室ふ
くるるごとし

Ⅲ　冬雲

地下出でし電車の窓に冬木みえ冬木のしたを歩
む人見ゆ

時間なき世界のごとく地下道の光のなかをわれ
もひともゆく

午後二時の濡れてひかれる道を来つふる冬の雨
平均ならず

雪やみしのちおもむろにうごく雲かたむきなが
ら空青くなる

アパートの階の屈折のぼるとき沈丁花の香がわ
れにまつはる

枝道のふえし地下道に群るる人目的のなきさま
にて歩む

Ⅳ　日没

春日さす道のゆくてにとどろきて過ぐる電車の
車輪が暗し

匂ひなき花のすがしさや午すぎて風ふきやみし
水木《みづき》のひと木

しろたへの花咲く辛夷《こぶし》近づきて樹下ゆくとき空
にまぎるる

春彼岸の空きよくして日の没りしあたりの森は
さわがしく見ゆ

地下鉄の押し来しひびき抑圧を解かれしさまに
駅にひろがる

安らぎの楽しともなく灯のしたに皮のゆるみし
蜜柑くひたり

湖尻《うみじり》の棚田おほよそ水張りて地のにぎはふ春日
となりつ

Ⅴ　黍の花

いまわれを過ぎゐる風の先端はとほき陸稲の畠
吹きゆく

憂ひ濃きひと日の終り外灯に熟れたる麦がてらされてゐる

雨やみし道の片側熟麦が夜半に放てるみだらなる香ぞ

黍《きび》の花かく咲きをりしかたはらを飢ゑたる兵のわれが歩みき

Ⅵ　桜桃

地下出でし電車のそとは家々の灯のあるゆゑにやさし宵やみ

桜桃のつやつやとして酸ゆき果を食べをり妻も吾も黙して

風荒るる欅のこずゑきれぎれに空見ゆ空のさわぐごとくに

前面に円柱をもつ建物のゆふべけむるは芝ひろきため

さえざえと見えゐし芝の急速に暮れゆく悲哀のごとき緑ぞ

Ⅶ　転機

密度濃き雨ふるかなと四階に聴きをり土に落ちてゆく雨

家並に灯ともるときを転機とし急速に空くれてゆくらし

透明の壁そばだちて階くだりくる人ひとりもどかしく見ゆ

デパートの扉のまへにひややけき空気まとひて人いでて来る

Ⅷ　墓丘

墓丘の広きなだりに西日さしところどころ夾竹桃のくれなゐ

青山の墓地したの道ゆふづきて空たかだかといわし雲たつ

ゆふべ飲むビールの器《うつは》くぐもりてものうきかなやわれの憩ひは

藜《あかざ》らのしげりに辛き香のたちて虫なくこゑす午後三時ころ

Ⅸ　晩餐

灯を消してわがねむるとき新しき室の白壁もやすらふらんか

移り来しアパートの階高くして甘藍あをき丘にまむかふ

陸橋にせりあがりゆく自動車の列たえまなく青空に消ゆ

晩餐ののち時経ちて妻とわが梨を食うぶるつゆしたたりて

林間に秋日するどくさしいりて歩むをみなの脚
がかがやく

午すぎて入り来し園は秋の日にひえびえとして
樹々の寄りあふ

X　言葉

銀行の窓よりさせる冬の日に体照らされて時待
ちゐたり

青靄が灯ともる駅をかこみをり地下よりのぼる
電車の前方

短かなる言葉に吾の苦しみの癒えにしことを君
知らざらん

ゆく道の右にかたむく坂いくつ冬晴の日の池に
むかひて

空はれし池の明るさそよぎなき葦のあひだの水
も光れる

XI　さいかちの木

すこしづつ冬樹々の影しりぞきて午前の芝の平
和なるとき

白雲を仰ぎてくれば冬の夜のさいかちの木の莢
実をも見つ

冬ぞらに鉄柱たてり人間のやがて住むべき形態
ならず

しづかなる霜夜と思ふに池みづに星の明りはさ
だまりがたし

昭和四十三年

I　森の音

大きなる欠伸《あくび》をすれば涙いでてしばらく悲哀の
心の如し

反射なきもの安らかに冬日さす道のゆくてに芝
の畠あり

おのづから心恋ほしき冬の夜雲あれば雲は街の
灯に映ゆ

あかつきに寒くめざめて現実の音としもなき森
のとよもし

Ⅱ　霜晴

街ゆけば半ば建ちたる家ひとつ酸ゆき木の香が
冬日に匂ふ

はるかなる冬日の干潟かがやきの中心をいま人
とほりゆく

霜晴の森にむかひて歩みをり黒き常磐木は槻よ
りひくく

萌えいづる麦のみどりのうひうひし悲しみ去り
てわれの日々あり

末枯《うらが》れし草むらのいろ見ゆるかと思ほゆるまで
夜半の月さす

Ⅲ　沈黙

夕映にとほく欅の冬木たち梢ははやき暗がりを
もつ

わがうちに言葉あふれて苦しみに耐へゐるさま
を沈黙といふ

枯原を横ぎる道のあやしかり空くもる夜は土か
たからず

発熱に心よわりてゐるらんかゆくてに光る午後の冬雲

河口になみだつ水に直接に表情のなき倉庫群たつ

Ⅳ　庭芝

花こぞる辛夷《こぶし》の樹下とほりゆく今朝ひらきたる花もあるべし

浅谷に蛙のこゑはととのはず午後の杉生の奥よりきこゆ

山畑の土捲きたてるつむじ風若葉のなかにうつろひゆけり

ゆきずりに見ゆる庭芝はやはやも春のひかりに暑し緑は

虎杖《いたどり》の芽のくれなゐのもえいでて搬土やうやく定まるらしき

耕して香にたつ土を圧すごとき春夜の闇とおもひつつ来し

Ⅴ　花々

公園の芝生をかよふ道ひかり孤独のこころきざすときのま

ぬばたまの夜にまじはる過程にて若葉の森がいきいきと見ゆ

柿若葉の木下にたてば曇夜の空騒然と雲ひくくゆく

戯れの楽しきさまにえにしだの黄の花々が咲きてゐたりし

ひとときの心惜しまん夏蜜柑のしこしことして
酸ゆき実を食ふ

Ⅵ　七月

暮れがたき七月の空さいかちの繁りくろずむ木
ぬれに見えて

現身にまつはる憂ひ消えゆけよ街路ひびきてし
ぶき降る雨

梅雨晴れの午後いでて来て墓原の土のにほひを
吾はたのしむ

みじか夜の薄明に眼をあくときのこころ浄しと
いふにもあらず

畝《うね》つらね起こせる土に夕日さし羽虫かすかに生
まれゐるらし

熟麦の穂並に茜さしをりて刻のためらふこの夕
つ方

Ⅶ　青芝

かけがへのなきものの音黍《きび》の葉のそよぎ聴きゐ
る暁さめて

八階にわが聴く雨は空間にみなぎりて街に落ちてゆく音

日ざかりの風にひたすら吹かれつつ陸稲の畑は緑みだれず

アパートの影直截に青芝にさす八月の朝をむかふる

ナイターの灯のおよぶ街煙突をいづるけむりのゆるやかにして

Ⅷ　奥秩父

たかはらの耕地にとほくゐる人のめぐり薬液の霧ひかりたつ

群山の青くつらなる奥にして乗鞍岳は午後のむらさき

疾風《はやかぜ》に霧はしる尾根くだり来つ音やすらかに沢のみなもと

中心のかがよふ湖はいくつかの入江しづかに山あひに見ゆ

白樺の大樹の根がたにわく泉夏草むらのなかに
ひろがる

Ⅸ　水辺

山間に蛇行する多摩のながれみゆ音のきこえぬ
瀬々のつらなり

ゆふぐれの池をわたりて少女らの増幅されし声
と思ひつ

告げがたきいまのこころよ雨やみし池のほとり
の泥濘をゆく

照明をかかげてたてる変圧器群近づけば夜半に顫音《せんおん》きこゆ

雨やみし池の葦原かぎりなく靄わきながらゆふぐれんとす

X　十三階

昨夜《きぞ》の酔さめがたくして秋日さす人参の葉のみどりやさしき

冬森のそらをめぐりてとぶ鳩ら朝のいとまは遠くはゆかず

満月ののぼりし宵に枯芝はくらくかすかに起伏あるらし

午後三時片照る街がとほく見え十三階にコーヒーをのむ

中央にサルビア紅くむらがりて芝の凹面は夕かげ早し

夜すがらの雨やみしのち冬芝のところどころが泡だちてゐる

枯原にいま満ちてゐる午後の光草らのかわく音もきこえん

後記

本集には、歩道入会以後、昭和四十三年末までの短歌作品五百四十九首を収めた。すべて佐藤佐太郎先生の選を経たものである。

歌集『しろたへ』一巻によって先生に出会ったぼくは、清新な抒情詩の世界に目をみはる想いで、戦中の日々いよいよ深く傾倒をしていった。『歩道』角川版を買い求めたのは、池袋駅前の焼野原に建てられたバラックの書店であった。そのときの感激が記憶にのこっている。そんなふうに、敗戦前後のことどもが先生への縁につながっている。永い私淑の時間をへだてて、直接おたずねをし、親しく声咳に接したのは、昭和二十六年一月であり、門流に加えていただいたのもその折のことであった。

それから三十一年はじめまでが一区切りで、そのあとに五年ほどの空白がある。当時、それまでの勤めを辞め、ある出版社の草創にかかわることになったが、この生活の変化によって、身辺は多忙をきわめ、作歌も一時中断した。こうして立ちはたらいた結果は、三十五年初夏のころには過労となってあらわれ、肝機能をおかされて病臥してしまう。きのうまでの物に憑かれたような労働から解き放たれて、しずかに身を横たえたとき、率然として歌がよみがえったのであった。それは、文字どおり回帰ともいうべき体験であったと思う。

爾来、十年になる。三十九年の春には、独立自営の道にふみだすという座標の転換もあった。想えば、戦後のぼくのこころの流れがここにこめられているといっていい。題名の『波動』もひとつには、そこにねざしている。

なぜ、歌をつくるのか、という問いは、つねづねぼくの胸中にある。よるべない虚空のただなかにあって、われわれの生のあかしはどこにあるのだろうか。ぼくの日々は、歌をつくる営みを通して、世界の深奥とかかわるようである。このかすかな五句三十一音の詩型が、その形式の小ささ、短かさのゆえに、かえってかぎりない世界への飛翔を可能にしてくれるということの不思議さ、「歌が生をささえる」という意味がつくづくと思われるのである。

亡父は帽子づくりを業としていたが、青年期に哀果や啄木に傾倒して、いわゆる生活派ふうの歌をつくっていたという。変わりものの職人ということであったろう。そんな傾向は、ぼくにも反映して、歌をつくりはじめた動機には、父の影響はあらそえないと思う。

ぼくは、念々に佐藤先生に学び、さらに斎藤茂吉先生に学んだ。このことの恵みを、かけがえのないものと想い、大切にしている。作歌に志してから、もう二十年の余になるが、依然として厚い闇がぼくを押しつつんでいて、そのはかりしれない奥深さにたたずむばかりである。生きて在ることの嘆声が、さながらににじむような歌がつくりたいものだと願っている。

おわりに、多年あたたかにお導きをくださる佐藤佐太郎先生、志満夫人に、ここにあらためて篤い感謝の念をささげる。また、敬愛する同人諸氏、なかんずく長沢一作、菅原峻両兄の友情を感謝する。そのほか、ぼくの生活とその表現に同情を寄せられる方がたにも、お礼を申しあげたい。昭和四十四年十月一日。川島喜代詩。

川島喜代詩略年譜

一九二六（大正一五）年　0歳
十月二十九日、東京浅草鳥越に、父喜之助、母むめの次男として生まれる。喜代詩は本名。家業は帽子製造卸業。父は啄木・哀果に心酔し、自身も短歌や俳句を作っていた。

一九三三（昭和八）年　6歳
東京市立高田第一尋常高等小学校に入学。

一九三九（昭和一四）年　12歳
東京市牛込第一商業学校入学。
「しみじみとけふ降る雨はきさらぎの春のはじめの雨にあらずや」（若山牧水）などの作品を兄に教わり、短歌に心惹かれるようになる。

一九四三（昭和一八）年　16歳
私立豊島商業学校に編入学。この頃、文庫版の佐藤佐太郎歌集『しろたへ』に出会い、純粋抒情詩の世界に魅了される。詩歌の類を濫読。

一九四四（昭和一九）年　17歳
母、むめ死去。

一九四五（昭和二〇）年　18歳
五月、現役兵として千葉県佐倉の東部六四部隊に入営。八月、敗戦。九月、復員。

一九四七（昭和二二）年　20歳
二月、朝倉書店に入社。四月、明治大学専門部政治経済学科に入学、勤労学生の日々が始まる。

一九五〇（昭和二五）年　23歳
三月、明治大学卒業。

一九五一（昭和二六）年　24歳
一月、港区青山南町に佐藤佐太郎を訪ねる。即日、歩道短歌会に入会。以後、その指導のもとに作歌に励む。雑誌「歩道」の編集を手伝う。

一九五三（昭和二八）年　26歳
五月、職場の同僚・青山彩子と結婚。
一九五六（昭和三一）年　29歳
一月、職場の上司が興した誠信書房に入社し、編集長を務める。業務に忙殺されて作歌を中断する。
一九六〇（昭和三五）年　33歳
五月、過労にて病臥。ウイルス性肝炎の診断を受ける。ベッドに横たわり、卒然として歌のよみがえりを体験する。秋、「歩道」に復帰。再び、編集、校正を手伝う。
一九六一（昭和三六）年　34歳
父、喜之助死去。
一九六三（昭和三八）年　36歳
雑誌「人間の科学」の編集にたずさわる。
一九六四（昭和三九）年　37歳
三月、誠信書房を退社。独立自営の道を選び、新宿区西新宿に人文科学書出版の川島書店を創業。

一九六九（昭和四四）年　42歳
十一月、第一歌集『波動』（歩道短歌会）を刊行。
一九七〇（昭和四五）年　43歳
六月、歌集『波動』にて、第十四回現代歌人協会賞を受ける。現代歌人協会会員となる。
一九七五（昭和五〇）年　48歳
十一月、第二歌集『層灯』（歩道短歌会）を刊行。
一九八一（昭和五六）年　54歳
十二月、前年「短歌研究」四月号に発表した「冬街」三十首にて、第十七回短歌研究賞を受賞。
一九八三（昭和五八）年　56歳
三月、長澤一作・菅原峻・山内照夫・田中子之吉とともに「歩道」を離れ、新たに「運河の会」を結成。六月、第三歌集『星雲』（短歌新聞社）を刊行。
八月、短歌機関誌「運河」創刊。のちに代表を務める。

一九八六（昭和六一）年　59歳
第四歌集『人の香』（短歌新聞社）を刊行。

一九九四（平成六）年　67歳
第五歌集『水の器』（青娥書房）を刊行。

一九九六（平成八年）年　69歳
二月、『出版人の萬葉集』（日本エディタースクール出版部）刊行。編著者代表としてたずさわる。

一九九八（平成十）年　71歳
第六歌集『消息』（青娥書房）を刊行。

一九九九（平成一一）年　72歳
十二月、秋田県にかほ市院内の賀祥山禅林寺境内に歌碑建立。碑歌「大寺は山を負へれば朝闌けてわが身あづけんしづけさにあり」。

二〇〇〇（平成一二）年　73歳
十一月、歌碑除幕式。尾崎左永子ら約六十名が列席。

二〇〇四（平成一六）年　77歳
大脳皮質基底核変性症の診断を受ける。

二〇〇五（平成一七）年　78歳
篠原克彦、熊谷仁らによってまとめられた、第七歌集『沈黙』（青娥書房）が刊行される。

二〇〇六（平成一八）年　79歳
七月、照井方子編『歌集　川島喜代詩』（私家版）が発行される。平成元年一月から平成十五年五月までの「運河」掲載の一八〇〇首、総合誌等に寄稿の六四三首を収録。

二〇〇七（平成一九）年
四月二十四日、気管支肺炎のため逝去。享年八十歳。

二〇二〇（令和二）年
九月、山中律雄著『川島喜代詩の添削』が刊行される（同書は日本短歌雑誌連盟の第十回雑誌・評論賞を受賞）。

文庫版解説

一瞬と移ろいの詩情

黒瀬　珂瀾

冬の日の鋪道が遠くきはまりて陸橋となる隆起見えをり

この一首にみなぎる緊張感を何と言えばいいだろう。空気の透き通った冬の日、今自分が歩いている鋪道が遠くまで見渡せる。こころもち上り坂なのだろう、少しずつ傾斜を実感する。遠く先には、鋪道に繋がる陸橋が見える。視界に立ち上がるその隆起を目指し、私は歩いてゆく——。

客観的な風景描写に徹したこの歌には、感情の説明はない。身体描写もない。しかし、この一瞬を生きる者のヴィヴィッドさは紛れもない。遠くに隆起が見えるということを表すだけで、歩みゆく〈命〉の存在感が伝わってくる。

随分と前から僕は、川島喜代詩の歌を鍾愛してきた。今回、第七歌集『沈黙』までの歌集を通読して、第一歌集『波動』には、川島の詩情の基盤が充分に詠われていると実感した。確かに歌壇的には川島は「佐藤佐太郎の高弟」のイメージが強く、それがそのまま、川島は厳格な写実主義者、というレッテルに繋がったふしもある。だが、この『波動』は、写実主義の一言には括れない柔軟な詩情に満ちている。

人混みをわれの来しとき街川は潮退きしまま泥が暮れゆく
事務室の日のをりふしに聞こえくるながれのごとき精米の音
雪原が朝影きよくたもちをり雪みづからの起伏のさまに

歌集冒頭から引いたが、初期作品にしてこの完成度には目を見張る。佐太郎の影響をダイレクトに受けつつ、独自の躍動感や世界の鮮やかさが顕ち表れている。一首目、人混みをようやく抜け出た際の安堵が、夕暮れに浮かぶ河口の泥と出会うことで、静かに寂寥感へ変化してゆく。二首目、ざあああと低く響く精米の音がまるで流水のように感じられ、職場の静寂がより強調される。三首目が特徴的だろう、積雪がおのずから様々な起伏を形作り、光を反射する。そこに作者は、世界の清らかな調和を見ている。どれも、流動する生活の一瞬から静寂や均整を掬い取り、そこに精神の救済を感じ取っている歌だ。

例えば、歌集『波動』の中で印象的な素材の一つに「鉄骨」がある。

地下室となるべき位置の鉄骨が雨ふるなかに組まれつつあり
鉄骨の暗くそばだつむかうにて彩灯《さいとう》のため空明滅す
高層の幕の内部に灯ともりて影大いなる人鉄を打つ
鉄骨のなかに無数にともる灯が雪迅《はや》くふるゆふべ見えをり

川島は建築途中の建物の鉄骨を繰り返し詠む。街区の建造が大々的に進む、高度成長期真っ只中の六〇年代日本の都市風景。街が多角的に成長、変容する空間に川島はたたずむ。昭和初期の東京を見つめた中原中也の「あゝ、家が建つ家が建つ。僕の家ではないけれど。」（「はるかぜ」）にも通う抒情だろう。

その時、作者の興味は、鉄骨の三次元的構造の奥行を表現することに向かう。空間にこだわることで川島は、どんどん多層構造となる街の変化を見つめる。その奥処に雨を、夜景を、彩光を、雪を、そして動きゆく人を発見し、川島は静と動からなる小風景の調和を詠み続ける。コンクリートなどを題材にした昭和初期の新即物主義と共通点を持ちつつ、微細な変化と顫動を求める点で、川島の歌は決定的に戦後社会の精神を持つ。他にも佐太郎譲りの〈鋪道〉の類や、勤務帰りの景だろう、夜空の光や家の灯などを川島は積極的に詠む。そこに昭和の都市生活における変化と静寂の一瞬、そして安息を感じ取るからだ。

若き川島が過重労働のために作歌を一時断念し、その数年後に健康を損ねたこと、そして病臥の日々にまた歌が再生したという来歴は、注目して良い。川島の歌には、様々な変化の奥に調和を見出そうとする姿勢がある。世界の躍動と均整、その二つのバランスを絶妙に見極める点に、川島の詩情の独自性がある。それは世界の描写を通して、再生してゆく己の精神を見つめ、心を清流化する歌とも言える。

その意味で、確かに『波動』は六〇年代日本の景を描いた歌集だが、都市の過密、過重労働やブルシット・ジョブなどの問題により苛まれる令和現代の私たちにとっても、精神解放のあり方を探る上で非常に意味のある一冊なのだ。

かがやける新樹のごとく心みちて悔なきものを互みにもてり
妻のゐる窓をまじへしアパートの灯の群落に向ひてあゆむ
妻の寝息をうかがふさまに朝床にゐたるしばしは罪のごときか

妻であるひとを対象とした歌を挙げてみた。一首目は結婚前の二十代の作、純真かつ清廉な心象詠だ。未来への希望が溢れている。川島の詩情の基礎にある未来志向を美しく感じさせる歌だ。そんな希望が小さな家庭となり、この都市の中に灯る。

二首目は昭和三十六年の歌。「アパート」という建築物を「灯の群落」と表現した点に時代の清新さを感じさせるが、その窓の一つの奥に妻がいる。そこに向かって「あゆむ」という結句に、生活に根ざした主体の存在感がある。

そして三首目は昭和三十八年の作。ともに住み慣れた妻の寝息をうかがう際に兆した複雑な感情。意識ある者が意識なき者の顔を見つめるということ。それは、私たちの生活の中で幾度も繰り返される。こういった、篤実な描写力を根本とした、具体と抽象のバランスの絶妙さにも注目したい。

かすかなる愉楽の如く電車より灯のさす畳がたまゆら見えつ

地下出でし電車のそとは家々の灯のあるゆゑにやさし宵やみ

家並に灯ともるときを転機とし急速に空くれてゆくらし

対照的にこれらは他者の小生活に触れた歌たち。車窓の景が移り変わるさま、昼と夜が移り変わるさま、そうした変化の裡に市民生活が存在する。かような人の営みを一つずつ確認してゆくとき、私たちは〈生きる〉ことへの救済を感じ取る。

あえて言えば、本書では作者自身の労働環境への言及が少ないことの意味を考えてみてもいい。出版という激務にあった作者が歌を通して見つめたのは、都市型労働に覆い隠されがちな〈生活〉であった。経済成長の中で削り取られてゆく精神性をいかに取り戻すか、その試みとして『波動』一巻は私たちの前にある。

はやはやも浅きながれに生くるもの底のいさごに影ひきながら
蠅のとぶ果敢《はか》なき音もいち日の抑揚として吾は聴きゐる
夕映の終りしデルタ生けるものの気配たちつつ潮みつるらし

小さな命を見つめた歌だが、小魚や蠅を通して作者が感応しているのは、己の命であることは明らかだ。「浅きながれ」に生きる命、「果敢なき音」として生きる命、満ち潮として立ちのぼる生命感。特に三首目を一読して僕は、イギリスの画家ターナーの海の絵を思いだしたが、どうだろうか。少しずつ夜陰が訪れる中、塩気に満ちた空気に生命力がびんびんと張りつめるさまを描いて、佐太郎の純粋短歌の新展開の一つを示しているようだ。

……さて、ここまで読んで来れば、本書が『波動』と題されたこと、読者にも納得いただけるのではないか。

かぎりなき波動のなかに波がしら折ふしにして立てるさびしさ
あげ潮の波動は湖に打ち入りてたつ風波に間なくまじらふ
荒波のうちこゆるときたえまなく潮ながるる岩ひとつあり

絶頂を迎え、その一瞬の後に崩落する。世界のあらゆる命は変化を有し、ゆえに命はいとおしい。三首目、荒々しい大波が過ぎた後に、流水に包まれる岩が見えてくる。ここには多層的な躍動がある。都市に築かれゆく鉄骨も、伸び行く舗道も、明滅する窓の灯りも、すべては波動のごとく静と動の往還となる。

付記すれば本書は昭和四十四年十一月一日発行。作者は四十三歳となり、石神井公園の団地住まい。昭和三十九年三月に自身が創業した人文科学書の出版社川島書店の経営も五年半を過ぎた頃だ。発行所は歩道短歌会で、歩道叢書83。収録歌はすべて佐藤佐太郎の選を経たもの。刊行翌年、第十四回現代歌人協会賞を受賞。

そういえば、山中律雄著『川島喜代詩の添削』（現代短歌社、二〇二〇）に、「熱出でてこもれる妻に常ならぬ刻《とき》ゆるやかに流れゐるべし」という山中の原作を、川島が「刻《とき》ゆるやかに移りゐるべし」と添削した例が挙げられていた。なるほど、と思った。この一例で何かを言うつもりはないが、流れ、から、移り、への、まさにこの移ろいに、後年になっても変わらぬ川島の詩情のあり方が見える気がする。

地下駅の階のぼるとき連想を断つごとくにて夕日さしをり

まぶしく、美しい一首だ。地下から地上へと移ろう瞬間、すべての連想を断つほどに強い光に包まれる。その一瞬の光の中で精神を新たにして、作者はまた、地上へと歩みを進めてゆく。その歩みこそが『波動』なのだ。

本書は一九六九年十一月、歩道短歌会より刊行された。
文庫化に際して一部の旧字、俗字等を改めた。

GENDAI
TANKASHA

歌集　波動〈第一歌集文庫〉

令和四年四月二十四日　初版発行

著　者　川島喜代詩
発行人　真野　少
発行所　現代短歌社
〒六〇四―八二一二
京都市中京区六角町三五七―四
三本木書院内
電話　〇七五―二五六―八八七二

印　刷　創栄図書印刷
定価　八八〇円（税込）
ISBN978-4-86534-394-6 C0192 ¥800E